紹興魯　迅　撰　平湖周振甫　注

魯迅詩歌注

中　華　書　局

魯迅詩歌注卷三

紹興魯　迅　撰　平湖周振甫　注

無題〔一〕

血沃中原肥勁草〔二〕，寒凝大地發春華〔三〕。英雄多故謀夫病〔四〕，淚灑崇陵噪暮鴉〔五〕。

〔一〕繫年：《魯迅日記》一九三二年一月二十三日：「午後爲高良夫人寫一小幅，句云：『血沃中原肥勁草……』」高良夫人，即高良富子，日本東京女子大學教授。一九三二年一月十二日，她由內山完造介紹，認識魯迅。

〔二〕沃：指澆灌。　中原：本指黄河流域中部地區，這裏指中國。　勁草：《後漢書·王霸傳》：「疾風知勁草。」比喻經過艱苦困難的考驗越顯出堅强的革命者和革命力量。

〔三〕凝：指凍結。　春華：即春花。

〔四〕英雄：這是反話，指反動派中各派系的頭子。　多故：多事，指反動派内部的爭吵。　謀夫：指反動派的政客。

〔五〕崇陵：高大的墳陵，指南京中山陵。　噪暮鴉：暗示反動派内部的爭吵。

這詩是一九三二年一月作的。當時革命根據地的軍民粉碎了反動派的三次「圍剿」。第一次，從一九三〇年十二月二十七日到一九三一年一月一日，粉碎了敵軍十萬人的「圍剿」；第二次，從一九三一年五月十六日到三十日，粉碎了敵軍二十萬人的「圍剿」；第三次，從一九三一年七月到九月，粉碎了敵軍三十萬人的「圍剿」。在這三

次反「圍剿」的勝利中，紅軍的力量越發壯大了，這是由革命戰士的鮮血澆灌培植的勝利果實，所以説「血沃中原肥勁草」。

毛主席在《新民主主義論》裏説：「這時有兩種反革命的『圍剿』：軍事『圍剿』和文化『圍剿』。」無産階級作家在反文化「圍剿」的鬬争中也取得輝煌的勝利。反動派知道走狗文人不能抵擋無産階級文學，於是用最凶殘卑鄙的手段，秘密逮捕和殺害無産階級作家（見《慣于長夜》首説明）。但無産階級作家還是勇敢地戰鬬着，用文藝作武器，暴露反動派的罪惡，在寒凝大地的白色恐怖籠罩下，開

出富有生命力的革命文藝的花朵。

後兩句指國民黨反動派内部的派系鬬争。一九三二年一月，廣州和南京合組的政府雖然成立了，但蔣介石回奉化去了，汪精衛託病到了上海，所以説「英雄多故謀夫病」。行政院長孫科事事棘手，無法執行職務，被逼塌臺，所以要到中山陵上去灑淚。當時的南京内部争吵，正像暮鴉那樣的聒噪。反動派的没落淒凉跟革命根據地的壯大，正好成了鮮明的對照。

偶成〔一〕

文章如土欲何之〔二〕，翹首東雲惹夢思〔三〕。所恨芳林寥落甚〔四〕，

春蘭秋菊不同時〔五〕。

〔一〕繫年：《魯迅日記》一九三二年三月三十一日：「午後……又爲沈松泉書一幅云：『文章如土欲何之……』」沈松泉，浙江吴興人。著有《死灰》、《少女與婦人》等作品。一九二五年在上海創辦光華書局，出版魯迅所譯普列漢諾夫的《藝術論》等書。

〔二〕文章如土：文章不值錢。一九三一年四月十五日《致李秉中》：「但百物騰貴，弄筆者或殺或囚，書店多被封閉，文界孑遺，有稿亦無賣處，於生活遂大生影響耳。」到了一九三二年一月二十八日，日本帝國主義發動淞滬侵略戰爭，魯迅的生活更大受影響。他的住處在火線上，即避到英租界内山書店支店，到三月十九日才搬回去。一九三二年三月二十日《致李秉中》講他回家時被偷去衣服雜器二十餘件，「書籍紙墨皆如故，亦可見文章之不值錢矣」。　欲何之：要到哪兒去。之，到、往。又，一九三二年二月二十九日《致李秉中》：「現暫寓一書店之樓上，此後仍寓上海，抑歸北平，尚毫無頭緒，

或須視將來情形而定耳。」這詩裏正表達出這種心情。

〔三〕東雲：東方的雲，指日本的朋友。陶淵明有《停雲》詩，是思念親友的。這裏含有對日本朋友的懷念。一九三一年二月十八日《致李秉中》：「時亦有意，去此危邦，而眷念舊鄉，仍不能絶裾徑去，野人懷土，小草戀山，亦可哀也。日本爲舊游之地，水木明瑟，誠足怡心，然知之已稔，遂不甚嚮往。」

〔四〕芳林：諧「芳鄰」，指日本。魯迅在詩裏用諧音，著名的有《哀范君三章》中的「白眼看雞蟲」，「雞蟲」諧「何幾仲」就是一例。　芳林寥落：這句承接上文，指日本的風景和朋友很可懷念，只是在帝國主義的統治下，文化事業也已經寥落。在一九三二年二、三月間，曾有軍人集團策劃的政治暗殺事件多起，當時日本的法西斯主義十分猖獗，進步的文化事業受到摧殘。

〔五〕春蘭秋菊：本於《九歌·禮魂》：「春蘭兮秋菊，長無絶兮終古。」這句指日本芳林寥落，像春蘭秋菊不能同時開放，所以也不想去了。就是「知之已稔，遂不甚嚮往」的意思。

這首詩裏表達了想「去此危邦，而眷念舊鄉，仍不能絶裾徑去」的感情。這種感情跟屈原對祖國的忠貞是一致的。屈原在《離騷》裏，講到自己的被排擠，想離開楚國了，一則説，「忽反顧以流涕兮，哀高丘之無女」；再則説，「陟陞皇（陞上皇天）之赫戲（狀光明）兮，忽臨睨（俯看）夫舊鄉，僕夫悲余馬懷兮，蜷局（身彎曲）顧而不行」，還是離不開祖國。這詩裏表達了同樣深切的熱愛祖國的感情。

對「春蘭秋菊不同時」，有一種解釋，説：「唐朝石貫《和主司王起詩》：『絳帳青衿同日貴，春蘭秋菊異時榮。』這裏借用春蘭和秋菊比喻新的青年作家、工農作家和老的革命作家。當時，一些青年作家慘遭殺害，新的工農作家還未出現，不能和老的革命作家同時投入戰鬥。魯迅在《二心集·黑暗中國的文藝界的現狀》中談到左翼文藝在國民黨反動派壓迫和摧殘下，『好像壓于大石之下的萌芽一樣，在曲折地滋長』之後，接著又説：『所可惜的，是左翼作家之中，還没有農工出身的作家。』」（一九七七年《集外集拾遺》徵求意見本。）

按石貫的詩，只是説春蘭和秋菊不在同時開花，不論蘭和菊都是已經具備開花條件的花，用來比「還没有農工出身的作家」，恐不合適。在魯迅當時所指的工農，即没有

成爲作家的工農，即還不具備創作條件的工農，跟已經具備開花條件的蘭菊，顯然是不宜相比的。再説蘭菊只是春天開放和秋天開放的區别，没有什麽壓迫摧殘之意。還有，這樣解，顯然是脱離魯迅詩的原意，原詩是從「東雲」講到「芳林」，即指日本的文藝界，不是指中國，因此，蘭菊也是日本的創作，「不同時」正説明「芳林寥落甚」的原因，也就是没有百花齊放。上面的解釋是脱離原文，把一句話孤立起來作解釋。所以要這樣解，大概是求之過深的緣故。

對這詩還有一種解釋：「『芳林寥落甚』，不是指日本，而是指中國。這和『文章如土』句相呼應的。正因爲『文

章如土』，所以『芳林寥落』。正因爲『芳林寥落』，必須戰鬭，才引出下句來，不能離開中國。」春蘭秋菊引申而言不同的境況，意思是説：「可恨我國的文化事業遭到如此嚴重的摧殘，我怎麽可能像少年時候那樣的逕自去日本呢？」倘指日本「芳林寥落」，有兩點不妥：「一、如果詩人因本國『文章如土』而擬去國……這怎樣理解魯迅一貫的戰鬭精神呢？……二、春蘭秋菊不能同時開放，是自然界的客觀規律所決定的，不能用來説明『芳林寥落』。」（《魯迅舊詩淺説》一二四頁。）

這個解釋，認爲「芳林寥落」指中國，是承「文章如土」來的。從詩看，不是這樣。因爲「文章如土」才引出

「欲何之」來，中國的文章如土，那麼要到哪兒去呢？也就是「時亦有意，去此危邦」。從「欲何之」引出「翹首東雲」來，即「日本爲舊游之地，水木明瑟，誠足怡心」。那麼爲什麼不去呢？「所恨芳林寥落甚」，即「然知之已稔，遂不甚嚮往」。「知之已稔」是什麼呢？即「芳林寥落」。「芳林寥落」是承「翹首東雲」來的，不是承「文章如土」來的。東雲的芳林又怎麼寥落呢？當時日本法西斯主義十分猖獗，進步的文藝受到摧殘（參《一二八戰後作》注〔五〕）。「春蘭秋菊不同時」是承「芳林寥落」來的，怎樣寥落呢？蘭菊不同時。蘭菊不同時是一種比喻，即一般文藝同進

步文藝不能同時發表，即是日本進步文藝受到摧殘的婉轉說法。

再說反對芳林指日本的兩點，認爲「文章如土」也不該想到去國，這是魯迅自己說的「時亦有意，去此危邦」，不必因爲「時亦有意」而同魯迅的戰鬭精神對立起來。春蘭秋菊是比喻，比喻是不宜用科學來否定的。

贈蓬子〔一〕

驀地飛仙降碧空，雲車雙輛挈靈童〔二〕。可憐蓬子非天子，逃去逃來吸北風〔三〕。

〔一〕繫年：《魯迅日記》一九三二年三月三十一日：「又爲蓬子書一幅云：『驀地飛仙降碧空……』」

蓬子：即姚蓬子。一九二七年加入共産黨，一九三〇年加入左翼作家聯盟，一九三三年被捕，一九三四年五月發表《脱離共産黨宣言》，叛變投敵，充當國民黨特務。魯迅應他請求寫字時，還在他被捕以前。詩中所説是「一·二八」上海戰爭時，穆木天的妻子攜帶兒子乘人力車到姚蓬子家找尋丈夫的事情。

（二）驀地：即突然。　碧空：指天上。　雲車：仙人駕雲的車子。　挈：即攜帶。　靈童：指仙童。

（三）天子：穆天子，《穆天子傳》講周穆王西遊見西王母的故事。這裏指穆木天，言穆木天的妻子找不到丈夫，只好逃去（逃來喝西北風了）。穆木天（一九〇〇—一九七二），吉林省伊通縣人。一九三〇年參加左聯，後加入共産黨，一九三四年在上海被捕叛變。據報刊記載：「四人幫」反黨集團成員姚文元曾吹捧自己，説《贈蓬子》中的「靈童」就指的是他。還有一種説法，姚蓬子同另一個人帶了姚文元去看魯迅，請魯迅題詩，魯迅就寫了這首詩，本來是諷刺姚蓬子並非「天子」，哪來的什麽「靈童」，可姚文元卻拿來

自吹。（一九七六年十一月八日《文匯報》：《「四人幫」篡黨奪權的野心和陰謀種種》；一九七七年二期《破與立》：《拼命往自己臉上貼金的「文痞」》。）

這首詩的本事，是許廣平在抗戰時期對人講的，她是當時的見證人，所以她的解釋是有權威性的，是正確的。姚文元的自我吹捧是没有根據的，是和詩的内容不合的。因爲是穆木天的妻子到姚蓬子家去找丈夫，所以説「可憐蓬子非天子」，即可憐姚蓬子不是穆木天。用「天子」來代「穆木天」，因爲「穆木天」跟「穆天子」中有兩個字相同。又據《唐六典》，稱宫廷内閣中的秘書閣叫「木天」，即指天子的秘書閣，所以用「穆天子」來指「穆木天」，否則這句

午的收書處，所以用「穆天子」「杏話」「穆木天」否則直名

又據《唐六典》，韓宣名左右隨士的收書閣四十「六天」，即暗指

「穆木天」，因為「穆木天」與「穆天子」中有兩個字相同。

「穆」字非「天子」，即[illegible]「穆」字不是穆木天。用「天子」來代

因為是「穆木天的妻子回到」[illegible]妻子家去與丈夫，所以說「可憐

說「文元的自由說，平常高沒有根據的。其中並說內容不合的。

當時的見證人，究及姚志的誕辭是有權威性的，是可靠的。

這首詩的本事，是許廣平在上海時期與當人講的。這是

錄上據金的「文章」（《雜文集》，《許廣平文集》）

書一輯，李霽野的《和魯迅交往的記事》，一九七六年十一月八日《文匯報》；《一九七七年三期》四人

自述。

子並非「天子」，哪來的「應」「靈童」可說文字[illegible]

五，請魯迅題詩，魯迅就寫了這首詩，本來是[illegible]

有一種說法，就書名而言，另一個人帶著說文字去書

政治自己，說《贈畫》中的「靈童」就指的是[illegible]

變。去辯，後來人共黨，一九三四年在上海被捕

加。據說[illegible]

〇一一九七七）吉林省伊通縣人，一九三〇年參加

丈夫，只有遠去，家在西北風中。」杏木天（一九

〔一〕天子：指穆天子，言穆木天的妻子。找不到

[illegible]事。這裏指穆木天。《穆天子傳》講周穆王西游見西王母的

帶。

〔二〕靈童：指

〔三〕蕙志：此處，書空：比天。雲車：仙人所乘的車子。

這裏是說子乘入雲車到天上去了。穆木天的妻子

說法見[illegible]上海去的事，穆木天的妻子

[illegible]。[illegible]

許欽文，出席[illegible]

王月等去《魯迅共產黨宣言》[illegible]

[illegible]入日報，[illegible]一九三三年，魯迅一九三四年

書十。[illegible]一九三〇

話就不好理解了。又這首詩寫的是「一·二八」事變時的事，當時住在戰區的人都在逃難，穆木天的妻子也在逃難，所以説「逃去逃來」。穆木天的妻子在逃難時找不到丈夫，生活没有著落，姚蓬子不能照顧她，所以只好喝西北風了。這首詩不是寫三月三十一日的事，是追溯「一·二八」事變時的事。到三月三十一日，戰事早已平息，魯迅也從「一·二八」時逃難出來於三月十九日搬回家去，已經没有「逃去逃來」的事，對姚蓬子來説，也没有「吸北風」的事。再説《穆天子傳》記穆天子去見仙人西王母，所以聯繫到「飛仙」，「靈童」就是仙童，正從「飛仙」來的。倘就

姚蓬子講，那就不能稱「飛仙」，也無所謂「靈童」了。又「一·二八」正在冬天吹北風的時候，故説「吸北風」也符合時令，到三月三十一日，已是吹東風的春天，和「吸北風」也不合了。所以姚文元想冒充「靈童」來擡高自己，是完全辦不到的。

一二八戰後作〔一〕

戰雲暫斂殘春在〔二〕，重炮清歌兩寂然〔三〕。我亦無詩送歸棹〔四〕，但從心底祝平安〔五〕。

〔一〕繫年：《魯迅日記》一九三二年七月十一日：「午後爲山本初枝女士書一箋，云：『戰雲暫斂殘春在……』……即托內山書店寄去。」又，一九三一年九月二十六日：「得山本夫人留詩一枚。」山本夫人

即山本初枝女士，日本女歌唱家，曾創作具有反戰内容的短歌。在上海，經内山完造介紹，與魯迅相識。

一二八：一九三二年一月二十八日，日本帝國主義在上海發動侵略戰爭。駐紮在上海的十九路軍奮起抗戰。三十日，中共上海地下黨組織上海各界民衆反日救國會，支持抗戰。工人學生紛紛起來參加。後來國民黨反動派斷絶給十九路軍的接濟，到三月二日，十九路軍被迫撤退到南翔、昆山等處的第二道防線。三月四日停戰。五月五日，國民黨反動派跟日本帝國主義簽訂了屈辱的《淞滬停戰協定》。

〔二〕殘春在：殘春指春天將盡的停戰時。這句跟杜甫《春望》之「國破山河在」用意相同。杜詩是説只剩山河還在，暗示别的什麽都在兵火中毁了。這裏是説，在上海的虹口、閘北戰區，遭到敵人的破壞，只有「殘春在」了。

〔三〕「重炮」句：一九三二年二月二十二日《致許壽裳》：「此次事變，殊出意料之外，以致突陷火線中，血刃塞途，飛丸入室，真有命在旦夕之慨。於二月六日，始得由内山君設法，攜婦孺走入英租界。」三月二十日《致李秉中》：「此地已不聞槍炮聲。故於昨遂重回舊寓，門窗雖爲彈片毁三四孔，碎玻璃十餘枚，而内無損……」魯迅住在虹口區，戰争時避入内山書店，得内山完造的説明，在二月六日避入英租界内山支店。停戰後回家，那時虹口一帶炮聲歌聲都没有了。

〔四〕無詩送歸棹：歸棹，山本初枝女士歸國去的船。山本歸國時，魯迅没有詩送她，所以説「無詩送歸棹」。這首詩，是魯迅在山本回國後寫的，托内山書店寄去的。

〔五〕「但從」句：李菁同志指出「但從心底祝平安」的意義，説：「山本初枝夫人回國時，正是日本的軍人勢力擡頭，法西斯主義十分猖獗，對外侵略的軍國主義思想統治了全日本。在一九三二年二、三月間，曾有軍人集團策劃的政治暗殺事件多起，五月間，連在對華侵略政策中主張『持重』的首相犬養毅也不能倖免。山本初枝是憎恨法西斯主義的歌人。因此，魯迅在……詩裏特别關心山本初枝的安全，誠懇而熱情地作了如此的祝願：『我亦無詩送歸棹，但從心底祝平安。』」（一九七六年九期《吉林師大學報》：《魯迅

與日本友人山本初枝》。）

自嘲（一）

運交華蓋欲何求（二），未敢翻身已碰頭。破帽遮顏過鬧市，漏船載酒泛中流（三）。橫眉冷對千夫指，俯首甘爲孺子牛（四）。躲進小樓成一統（五），管他冬夏與春秋（六）。

（一）繫年：《魯迅日記》一九三二年十月十二日：「午後爲柳亞子書一條幅，云：『運交華蓋欲何求……達夫賞飯，閒人打油，偷得半聯，湊成一律以請』云云。」按，十月五日郁達夫在聚豐園宴請其兄郁華，請魯迅作陪。閒人：《三閒集·序言》裏說：「我將編《中國小說史略》時所集的材料，印爲《小說舊聞鈔》，以省青年的檢查之力，而成仿吾以無產階級之名，指爲『有閒』，而且『有閒』還至於有三個……」，所以把雜文集名爲《三閒集》，又自稱「閒人」。打油是自己謙稱是打油詩。偷得半聯，有三種說法：一、郭沫若同志認爲即借用錢季重的

「飯飽甘爲孺子牛」，不是半聯而是半句，見注（四）。二、借用南社詩人姚鵷雛（錫鈞）的詩句「舊帽遮顏過鬧市」。三、熊融同志提供，那天魯迅赴宴，郁達夫開玩笑道：「你這些天來辛苦了吧？」魯迅用上一天想到的「橫眉」一聯回答他。達夫打趣道：「看來你的『華蓋運』還是没有脱？」魯迅說：「噯，給你這樣一說，我又得了半聯，可以湊成一首小詩了。」所謂偷得半聯就指第一句（《〈偷得半聯〉别解》，《人民日報》一九六二年二月二十二日）。按，一說是借半句而非半聯；二說，檢《南社詩集》没有找到這句詩；三說較合。日記所載詩中「破」作「舊」，「漏」作「破」。後來魯迅爲日本杉本勇乘寫扇面時也曾寫這首詩，詩中「對」作「看」。

（二）華蓋：魯迅《華蓋集·題記》：「我平生没有學過算命，不過聽老年人說，人是有時要交『華蓋運』的。……這運，在和尚是好運：頂有華蓋，自然是成佛作祖之兆。但俗人可不行，華蓋在上，就要給罩住了，只好碰釘子。」華蓋，像花那樣蓋在頭上的雲氣。《古今注》：「華蓋，黄帝所作也，與蚩尤戰于涿鹿之野，常有五色雲氣，金枝玉葉，止於帝上，有花葩之象，故因而作華蓋也。」這是指黄帝仿雲氣作的車蓋。

山本古本太人（《法苑》）

自嘲

運交華蓋欲何求，未敢翻身已碰頭。破帽遮顏過鬧市，漏船載酒泛中流。橫眉冷對千夫指，俯首甘為孺子牛。躲進小樓成一統，管他冬夏與春秋。

（一）繫年：《魯迅日記》一九三二年十月十二日：「午後為柳亞子書一條幅，云：『運交華蓋欲何求……達夫賞飯，閒人打油，偷得半聯，湊成一律以請』云云。」按：十月五日郁達夫在聚豐園宴請[illegible]

[illegible]《三閒集·序言》[illegible]《中國小說史略》[illegible]

[illegible]

[illegible]《人民日報》[illegible]

[illegible]

〔三〕「漏船」句：《吴子·治兵》：「如坐漏船之中。」《晋書·畢卓傳》中畢卓説：「得酒滿數百斛船……拍浮酒船中，便足了一生矣。」

〔四〕孺子牛：郭沫若同志在《孺子牛的質變》裏，提到洪亮吉《北江詩話》卷一引錢季重作的柱帖：「酒酣，或化莊生蝶，飯飽甘爲孺子牛。」指出：「但這一典故，一落到魯迅的手裏，卻完全變了質。在這裏，真正是腐朽出神奇了。」（一九六二年一月十六日《人民日報》）《左傳》哀公六年：「鮑子曰：『汝忘君之爲孺子牛而折其齒乎？』」齊景公愛他的孩子，自己裝作牛，口裏銜著繩子，並讓孩子騎著。孩子跌倒，扯掉了他的牙齒。

〔五〕成一統：這是説，我躲進小樓，有個一統的小天下。

〔六〕管他冬夏與春秋：即不管外面的氣候有怎樣變化。

魯迅在白色恐怖下經常遭受壓迫，所以比做交華蓋運，比做「未敢翻身已碰頭」。爲了避免反動派的追蹤迫害，在過鬧市時，用破帽遮住了容顔。就是這樣，處境還是非常危險，像漏水的船載著酒在水流中浮著，一不小心就會沉没。處在這樣危險的環境裏，魯迅採取的卻是决不妥協的堅强的戰鬭態度。毛主席《在延安文藝座談會上的講話》裏説：「魯迅的兩句詩，『横眉冷對千夫指，俯首甘爲孺子牛』，應該成爲我們的座右銘。『千夫』在這裏就是説敵人，對於無論什麽凶惡的敵人我們决不屈服。『孺子』在這裏就是説無産階級和人民大衆。一切共産黨員，一切革命家，一切革命的文藝工作者，都應該學魯迅的榜樣，做無産階

〔三〕漏船一句：《吳子·治兵》：「如坐漏船之中……」《晉書·畢卓傳》：「……拍浮酒船中，便足了一生矣。」

〔四〕孺子牛：郭沫若同志在《孺子牛考證》裏，見洪亮吉《北江詩話》卷一，錢季重工詞，有柱帖：「酒酣或化莊生蝶，飯飽甘為孺子牛。」指出：「這句話的典故，一到魯迅的手裏，卻包含全新的意義。在這裏，真正是化腐朽為神奇了。」（一九六二年一月十六日《人民日報》）《左傳·哀公六年》：「鮑子曰：『女忘君之為孺子牛而折其齒乎？』」景公愛荼，自己做牛，口裏銜著繩子，讓孺子牽著。孺子跌下來，[illegible]齒。

〔五〕成一統：這是說，躲進小樓，有個一統的小天下。

〔六〕管他冬夏與春秋：意即不管外面氣候寒暖有怎樣變化。

魯迅在白色恐怖下堅韌戰鬥的精神。所以在交了華蓋運，正處在「未敢翻身已碰頭」。為了避免反動派的迫害，在過鬧市時，用破帽遮住了容顏。但是在這樣處境裏非常危險，像漏水的船載著酒在水流中浮著，一不小心就會沉沒。處在這樣危險的環境裏，魯迅採取的卻是決不妥協的堅強的戰鬥態度。毛主席《在延安文藝座談會上的講話》裏說：「魯迅的兩句詩，『橫眉冷對千夫指，俯首甘為孺子牛』，應該成為我們的座右銘。『千夫』在這裏就是說敵人，『孺子』在這裏就是說無產階級和人民大眾。一切共產黨員，一切革命家，一切革命的文藝工作者，都應該學魯迅的榜樣，做無產階

級和人民大衆的『牛』，鞠躬盡瘁，死而後已。」毛主席對這種精神給予極高的評價。魯迅處在反動派的迫害下，經常在躲避，所以「躲進小樓」是寫實，但又不限於寫實。當時反動派丟掉東北大片土地，在一九三二年「一·二八」事變時，國民政府躲避敵人威脅，遷都洛陽，一直到這年十二月才遷回南京。作者寫這詩時還没遷回，所以諷刺它只知躲避，不管祖國已經陷在怎樣危亡的境地裏。

這首詩，「横眉」兩句成爲傳誦的名言，「横眉」、「俯首」形象地寫出了革命戰士對待敵人和對待人民兩種絶然不同的態度。這兩句不僅意義深長而且形象鮮明。郭沫若

同志在《魯迅詩稿序》裏讚美這一聯道：「雖寥寥十四字，對方生與垂死之力量，愛恨分明，將團結與鬬争之精神，表現具足。此真可謂前無古人，後啟來者。」

「千夫指」的出處，本於《漢書·王嘉傳》：「里諺曰：『千人所指，無病而死。』」這裏的「千人」即「千夫」，是指群衆。但魯迅在一九三一年二月四日《致李秉中》裏説：「今幸無事，可釋遠念。然而三告投杼，賢母生疑。千夫所指，無疾而死。生丁今世，正不知來日如何耳。」魯迅在這裏給予新義，這個「千夫」不指群衆，指敵人，指各式各樣的敵人。這同《無題》「一枝清采妥湘靈」裏的「無奈終輪

蕭艾密」一樣，「蕭艾密」指敵的衆多，跟「千夫」指敵人的多一致。因此，冷對「千夫指」，不是冷對群衆所指責的獨夫，是冷對衆多敵人的指點，毛主席説「『千夫』在這裏就是説敵人」，是極正確的。

關於《自嘲》，在解釋上還有一些分歧，可以討論一下。

對題目《自嘲》的解釋：一是説：「至於魯迅所題『自嘲』二字，只不過是一種曲筆，實際上，魯迅先生是無需乎自嘲的。」既然無需自嘲，那麽爲什麽要「自嘲」？説曲筆是不是説没有「自嘲」的意味？問題還不清楚。二是説：「本詩名爲自嘲，實則是對敵人的諷嘲。」那麽是嘲敵而不是自

嘲。要是真的没有自嘲，那何必題《自嘲》呢？三、「自嘲就是自我戲嘲。魯迅戲嘲自己的什麽呢？戲嘲自己的遭遇，戲嘲自己的境况，也即戲嘲敵人對自己的種種迫害。」「它是自嘲，每句詩戲嘲的物件，始終都是自己。」（以上三説，見《魯迅舊詩淺説》引。）戲嘲自己就是戲嘲敵人嗎？每句詩都是戲嘲自己，難道「横眉冷對千夫指」兩句，也是戲嘲自己嗎？

那麽「自嘲」應該怎樣解釋呢？「自嘲」這樣的題目是有它的來源的。《文選》裏有一類叫「設論」，收了東方朔《答客難》、揚雄《解嘲》、班固《答賓戲》，這三篇題目裏就有嘲和戲，第一篇《答客難》就是解嘲。這三篇都是解

釋客人的嘲笑自己，不是「自嘲」，同「自嘲」不同。但《漢書·東方朔傳》裏説：「因著論設客難己，用位卑以自慰諭。」是東方朔假設一位客人來嘲自己，並不是真有客人在嘲戲自己，還是自己在嘲戲自己，再由自己來解答。揚雄的《解嘲》、班固的《答賓戲》，直到韓愈的《進學解》都一樣，都是自己假設一個人來嘲自己，實際上是自己嘲自己，再由自己來解答。所以《文選》上稱東方朔等三篇爲「設論」，説明這位嘲自己的客人是作者假設的，即作者的自嘲。這類文章都分兩部分，一部分是嘲己，一部分是解答，實際上是自嘲自解，不過形式上作客嘲自解而已。

魯迅的《自嘲》就是從這種「解嘲」的文章中變化來的，去掉它的形式上的客嘲自解，採取它實際上的自嘲自解，而稱爲「自嘲」。過去的「解嘲」，實際上分自嘲自解兩部分，魯迅的「自嘲」也分自嘲自解兩部分。過去的「解嘲」，先假設客人向自己提出問題嘲戲自己，魯迅的《自嘲》也先提出問題來嘲戲自己，如「運交華蓋欲何求」，實際是提問句，交了華蓋運還要求得什麽呢？過去「解嘲」的文章都有嘲戲自己的話，像東方朔説的「唇腐齒落」，揚雄説的「官之拓落」，班固説的「紆體衡門」，韓愈説的「跋前疐後，動輒得咎」，「頭童齒豁，竟死何裨」。魯迅也有類

似的「自嘲」，如「未敢翻身已碰頭」，跟「紆體衡門」的怕碰頭，和「跋前疐後，動輒得咎」相近；「破帽遮顔」寫自己的形容，同「唇腐齒落」、「頭童齒豁」寫自己形容的也屬一類。這是寫自嘲的部分。

過去的「解嘲」寫到「解嘲」這部分往往自占身份，如東方朔説的「計同范蠡，忠合子胥」，揚雄説的「今子乃以鴟梟而笑鳳凰」，自比鳳凰；班固説的「和氏之璧」，「曠千載而流光也」。魯迅也有解嘲的話，即「横眉冷對千夫指，俯首甘爲孺子牛」，它的深刻的意義，已經由毛主席闡發無餘，自然遠遠超越前人。因此《自嘲》有自嘲的部分，並不像上面引的解釋認爲「自嘲」是曲筆，是「對敵人的諷嘲」。説自己交華蓋運，未敢翻身，破帽遮顔，怎麽是「曲筆」，怎麽是嘲諷敵人呢？難道説交華蓋運就不是交華蓋運嗎？説交華蓋運又怎麽嘲諷敵人呢？《自嘲》又有自解部分，也不是每句都是自嘲。

當然，魯迅的《自嘲》同前人的「解嘲」，從形式到内容都有很大不同。前人是客嘲自解，魯迅只稱「自嘲」，這是命題的不同。前人借客嘲以鳴不平，借自解以占身份，主要是自我解嘲，對自己的不平不僅不敢觸及封建統治者，還有美化封建統治者的作用。魯迅的《自嘲》，是革命的

詩篇，是敢於刺向國民黨反動派，是表明了他對敵人的藐視，表明了爲革命事業戰鬬到底的決心。那麽用前人的「解嘲」來比又有什麽意義呢？這正説明魯迅在創作上的發展，正像魯迅的《我的失戀》有所繼承而又有發展那樣。指出這點，有利於我們對《自嘲》這個題目的理解，使它更符合於詩的實際。

其次是最後一聯「躲進小樓成一統，管他冬夏與春秋」的解釋。一説「最後兩句是諷刺當時那些只顧自己舒適自在，不過問政治的人」。二説是諷刺國民黨反動派在一九三二年「一·二八」事變時遷都洛陽，直到十二月才

遷回南京，作者寫這詩時還没有遷回。見《魯迅舊詩淺説》引。三説「『躲進小樓』再一次表達了魯迅一貫主張的『壕塹戰』的思想。『小樓』是掩體的工事，是前線的戰壕。躲進小樓，乘機出擊，是爲了更好地保存自己，打擊敵人，消滅敵人」。安徽師大中文系七四級學員《魯迅詩歌解説》。四説「『成一統』意思是自成一統，與蔣家王朝針鋒相對。『小樓』雖小，但作爲對敵鬬爭的一個前哨陣地，是與無産階級整個革命鬬爭聯在一起的。」福建師大中文系《魯迅詩歌選讀》。

再看前人寫的「解嘲」，在後一部分是怎麽説的。東方朔説的是「時雖不用，塊然無徒，廓然獨居」；揚雄説的

是「惟寂惟寞，守德之宅」；班固說的是「慎修所志，守爾天符」。都是講自己安於寂寞，有以自守，不是諷刺別人的。一説諷刺不過問政治的人，是不恰當的。要諷刺的主要是敵人，對不過問政治的人是教育問題，不是諷刺他們。魯迅講的「躲進小樓」同前人的「廓然獨居」、安於寂寞，在形式上也有相近處，當然兩者的精神是完全不同的，前者是退守，後者是戰鬭。

「躲進小樓」怎麽戰鬭呢？是不是以小樓爲壕塹作壕塹戰呢？我們只知道當敵人攻進城市作街道戰時，才躲在小樓裏，以小樓爲掩蔽襲擊敵人。魯迅反文化「圍剿」而

戰，怎麽以小樓作壕塹呢？反文化「圍剿」而戰，一定要利用報刊作爲戰鬭陣地，向敵人進攻，離開了報刊這個戰鬭陣地，即使躲進小樓，又怎麽去攻擊敵人呢？魯迅的壕塹戰，是他寫戰鬭的雜文時用各種筆名來迷惑敵人，是他寫戰鬭的雜文時用各種巧妙的藝術手法來蒙蔽敵人的眼睛，是這樣來掩蔽自己，進攻敵人，而不是「躲進小樓」來保存自己，打擊敵人。三説恐怕不符合實際。四説認爲「躲進小樓」是堅守陣地，「成一統」是與無産階級整個革命鬭争聯在一起。但原句是説「躲進小樓」成爲一統，即躲在小樓裏成爲一統天下，並不是以小樓爲據點，再同革命根

據地聯繫起來，才成爲一統天下的。正因躲進小樓成爲一統天下，才和「管他冬夏與春秋」相應，外界的政治氣候不論怎樣，管他呢！即不管的意思。倘以小樓爲據點與無産階級整個革命鬬争聯在一起，那就得密切注意外界的政治氣候，怎麽可以不管呢？所以四説不免求之過深。

那麽這兩句究竟是什麽意思呢？魯迅處在反動派的迫害下，經常在躲避，所以躲進小樓成爲我的一統天下，管他外界的政治氣候有什麽變化，這是「自嘲」，但又不限於自嘲，也是諷刺國民黨反動派只知躲避，不管祖國已經陷在怎樣危亡的境地。這兩句，既是「自嘲」，又是借「自嘲」來猛烈攻擊敵人，刺中敵人要害的一擊，這才顯出「自嘲」是革命的戰鬬。這兩句跟「横眉冷對」一聯作了有力的配合。

教授雜詠四首〔一〕

作法不自斃，悠然過四十。何妨賭肥頭，抵當辯證法〔二〕。

可憐織女星，化爲馬郎婦。烏鵲疑不來，迢迢牛奶路〔三〕。

世界有文學，少女多豐臀。雞湯代豬肉，北新遂掩門〔四〕。

名人選小説，入線云有限。雖有望遠鏡，無奈近視眼〔五〕。

〔一〕繫年：《魯迅日記》一九三二年十二月二十九日：「午後爲夢禪及白頻寫《教授雜詠》各一首，其一云：『作法不自斃……』其二云：『可憐織女星……』」第三首有「北新遂掩門」説，北新掩門在一九三二年冬，當在這年冬作。《魯迅詩稿》有《教授雜詠》三首，可見第三首寫作時期與上兩首相近。第

四首講謝六逸《模範小説選》，這書出版於一九三三年三月，當在一九三三年春作。

（二）本事：這首詩指錢玄同。錢玄同平日曾經戲説「四十歲以上的人都應該槍斃」，又據説他在北京大學曾説過「頭可斷，辯證法不可開課」的話。錢玄同（一八八七—一九三九），字中季，浙江吳興人，日本早稻田大學畢業，在東京和魯迅一起從章太炎學文字學，兩人又同在北京大學教書。錢玄同又曾鼓勵魯迅替《新青年》寫稿。《吶喊·自序》裏的「金心異」，就是錢玄同。可是「五四」運動後，錢玄同卻後退了，所以魯迅作這詩來諷刺他。「作法不自斃」，是成語「作法自斃」的變化用法，本於《史記·商君列傳》。商鞅給秦國作的法令，旅館裏留宿客人沒有證明的，旅館主人跟客人一同辦罪。後來商鞅失敗後逃走，旅館裏因他定的法令不敢收留他，他終於被捉住殺死。悠然：狀自得的樣子。肥頭：魯迅《兩地書一二六》指錢玄同「胖滑有加，嘮叨如故」。

（三）本事：這首詩指趙景深。趙景深，四川宜賓人。文學研究會會員，曾主編《文學週報》，一九三〇年起，任復旦大學教授。相傳陰曆七月七日烏鵲在銀河上架橋，牛郎織女渡鵲橋相會。那麽織女本是牛郎之婦。《二心集·風馬牛》裏説趙景深把上半身是人、下半身是馬的怪物譯成「半人半牛怪」，把「馬」誤譯爲「牛」，因此魯迅在這裏給他開個玩笑，把牛郎婦説成馬郎婦了。趙景深曾經誤譯英文銀河（Milky Way）爲牛奶路，因此烏鵲疑心牛奶路不是銀河，不來架橋了。趙景深對於翻譯主張「與其信而不順，不如順而不信」，强調譯文的通順，忽略譯文的忠實，所以魯迅摘出他的誤譯來諷刺他。

（四）本事：這首詩指章衣萍。上海北新書局曾請章衣萍等編世界文學譯本，他曾在《枕上隨筆》中説：「懶人的春天哪！我連女人的屁股都懶得去摸了！」他替北新書局編譯世界文學，並出兒童讀物，曾預支版税，説：「錢多了，可以不吃豬肉，大喝雞湯。」不料有一本兒童讀物《小豬八戒的故事》，一九三二年十一月，國民黨政府下令把那本書銷毁，封閉北新書局，後改名青光書店，才得繼續營業。

（五）本事：這首詩指謝六逸。謝六逸曾編選過一本《模範小説選》，選録魯迅、茅盾、葉紹鈞、冰心、郁達

夫五人的作品，於一九三三年三月在上海黎明書局出版。他在序言中說：「翻開坊間出版的中國作家辭典一看，我國的作家快要湊足五百羅漢之數了。但我在這本書裏只選了五個作家的作品，我早已硬起頭皮，準備別的作家來打我罵我。而且罵我的第一句話，我也猜著了。這句罵我的話不是別的，就是『你是近視眼啊』，其實我的眼睛何嘗近視，我也曾用過千里鏡在沙漠地帶，向各方面眺望了一下。國內的作家無論如何不只這五個，這是千真萬確的事實。不過在我所做的是『匠人』的工作，匠人選擇材料時，必要顧到能不能上得自己的『墨線』，所以我要『唐突』他們的作品一下了。」

這四首《教授雜詠》是確有所指的，但又不限於所指，因爲這四首詩中所指的現象有普遍性，不限於這四位教授，所以這四首詩就具有普遍的意義。比方要裝作進步，說了一些不切實際的話，唱高調，這在當時是普遍現象之

一。「作法不自斃，悠然過四十」，正諷刺這種高調，這是一方面；另一方面又顯得頑固保守，像反對辯證法，這也不是個別的現象。至於翻譯界的誤譯，但求順口，不求確實可信，這種現象也不是個别的。至於追求色情和享受，自以爲高明，這些在教授和作家中也不是個别現象。這四首詩的意義既是有針對性，又是有普遍性的，是通過個别來對這些不正確的現象進行批判。

王爾齡同志在《魯迅〈教授雜詠〉兩首新箋》中對「作法不自斃」兩句提出了新解：「日本兼好法師在《徒然草》裏就說：『語云，壽多則辱。即使長命，在四十以内死了

最爲得體。過了這個年紀便將忘其老醜，想在人群中胡混，到了暮年還溺愛子孫，希冀長壽，得見他們的繁榮，執著人生，私欲益深，人情物理都不復瞭解，至可歎息。』」一九七七年一二——三期《山東師院學報》：《魯迅〈教授雜詠〉兩首新箋》。指出錢玄同以四十歲來劃分進步與守舊、前進與倒退，是本于日本法師。這個證據説明爲什麽用四十歲來劃線是有説服力的。

所聞[一]

華燈照宴敞豪門[二]，嬌女嚴妝侍玉樽[三]。忽憶情親焦土下[四]，佯看羅襪掩啼痕[五]。

[一]繫年：《魯迅日記》一九三二年十二月三十一日：「爲知人（知交）寫字五幅，皆自作詩。爲内山夫人寫云：『華燈照宴敞豪門……』爲濱之上學士云：『故鄉黯黯鎖玄雲……』爲坪井學士云：『皓齒吴娃唱柳枝……』爲達夫云：『洞庭浩蕩楚天高……』又一幅云：『無情未必真豪傑……』。」

[二]華燈：《楚辭》：「華燈錯些。」古代雕刻的有文彩的燈。這裏指華貴的燈。 敞：指敞開。

[三]嬌女：左思《嬌女詩》：「左家有嬌女，皎皎頗白皙。」這裏指嬌弱的少女。 嚴妝：端整的裝扮。 玉樽：玉杯，指豪華的酒席。

[四]焦土：被戰火焚燒過的土地。

[五]羅襪：曹植《洛神賦》：「凌波微步，羅襪生塵。」

這詩通過豪門的宴會，來刻畫人民的苦難，暴露侵略戰爭的罪惡。由於罪惡的侵略戰爭把民居化爲焦土，無數女孩子的父母都犧牲了，這些女孩子就淪落到給豪門

侍宴。在豪門的威脅下，她們連内心的痛苦都不敢透露出來。「佯看羅襪掩啼痕」，刻畫少女的痛苦心情極爲細緻，充滿着高度的同情心。許壽裳《懷舊》裏引了這首詩，説：「這是一方寫豪奢，一方寫無告，想必是一九三二年『一·二八』閘北被炸毁後的所聞。」

無題二首[一]

故鄉黯黯鎖玄雲[二]，遥夜迢迢隔上春[三]。歲暮何堪再惆悵，且持巵酒食河豚[四]。

皓齒吴娃唱柳枝，酒闌人静暮春時[五]。無端舊夢驅殘醉，獨對燈陰憶子規[六]。

〔一〕繫年：《魯迅日記》一九三二年十二月三十一日：「爲濱之上學士云：『故鄉黯黯鎖玄雲……』爲坪井學士云：『皓齒吴娃唱柳枝……』」濱之上和坪井兩人都是日本在上海開設的筱崎醫院裏的醫生。

〔二〕故鄉：指祖國。　玄雲：黑雲。《楚辭·九歌·大司命》：「廣開兮天門，紛吾乘兮玄雲。」

〔三〕遥夜：指長夜。　迢迢：狀長久。　上春：新春，指冬天過後的大地春回。這裏説反動統治的黑暗時期還没結束，離開大地春回的光明年月還很遥遠，透露出詩人渴望解放的心情。

〔四〕巵酒：即杯酒。　食河豚：《魯迅日記》一九三二年十二月二十八日：「晚坪井先生來邀至日本飯館食河豚，同去並有濱之上醫士。」

〔五〕皓齒：潔白的牙齒。　吴娃：吴地的女郎。　柳枝：漢朝有《折楊柳曲》，是折柳贈别的歌，這裏指當時流行的歌。　酒闌：《史記·高祖紀》：「酒闌。」集解：「闌言希也，飲酒者半罷半在謂之闌。」

（六）無端：没來由。　子規：杜鵑鳥。

第二首詩説，在酒闌人静夜深時，聽到歌女在唱歌。這種歌聲唤起過去的夢，把酒意都趕走了。是什麽歌？唤起了什麽夢呢？是《折楊柳》歌，《折楊柳》是折柳贈别，那該是想起離别的夢，是對人的懷念。懷念誰呢？獨自背著燈懷念杜鵑。照屈原《離騷》的説法，杜鵑叫的時候，衆芳零落，這同暮春時相應。那麽懷念的是衆芳零落，賢才凋謝，所以這裏含有對反動統治摧殘人才的感歎。

關於這首詩，有不同解釋：一説認爲「驅殘醉」的是吴娃，「憶子規」的也是吴娃。「子規」雙關，即諧「子歸」。

「憶子規」當是少女思念著她那早已離開的可愛的故鄉。吴娃是指少女，少女似不可能有兒子，説「憶子規」在想念兒子歸來，似不合。倘真是想念兒子歸來，應該作「吴姬」才合。又從詩看，吴娃是伴客的歌女，陪客唱歌，客人或主人可以「驅殘醉」，吴娃忙著唱歌，大概不會有殘醉可驅吧。

這兩首詩是同時寫的，又合在一起，可能都是寫「我」。「且持卮酒食河豚」的是「我」，「驅殘醉」和「憶子規」的也是「我」吧，當然後一個「我」不一定是作者自己。又第一首是寫一二月吃河豚的事。第二首變成「暮春時」，

〔六〕柳枝：曲名。〔七〕子規：杜鵑鳥。

第二首詩說，在酒闌人靜深夜時，驀地回到[illegible]唱歌。這種歌聲與歡樂過去的事，在酒意都醒了。是什麼歌？要說了什麼夢呢？是《折楊柳》《梅花落》等曲嗎？那該是追憶過去的事，是對人的懷念。懷念誰呢？這由背景懷念杜鵑。據屈原《離騷》的說法，杜鵑叫的時候，眾芳零落。這同暮春時相應。那麼懷念的是眾芳零落，實大有諷。所以這裏含有對反動統治者殘害人才的感歎。

關於這首詩，有不同解釋：一說認為「驅殘醉」的是吳娃，「憶子規」的也是吳娃。「子規」雙關，即諧「子歸」。

「憶子規」當是少女思念音訊斷絕早已離開的可愛的女兒。吳娃是指少女，少女也不可能有兒子，說「憶子規」在想念兒子歸來，似不合。倘真是想念兒子歸來，應該作「是娃」不合。又從詩看，吳娃是年青的歌女，唱著歌，客入夜主人可以「驅殘醉」，吳娃在唱歌，大概不會有殘醉可言吧。

這兩首詩是同時寫的，又合在一起，可能都是寫「我」的。「且持卮酒食河豚」的是「我」，「驅殘醉」和「憶子規」的也是「我」。當然這個「我」不一定是作者自己。又第一首是寫「二月」吃河豚的事。第二首雙關「暮春時」。

可能是聽了柳枝歌，想起以前的事，也許主客聽歌之餘，也請歌女喝酒，那麽歌女也可以「驅殘醉」、「憶子規」了。要是這樣講，如果把「憶子規」説成憶故鄉，就同《贈人》的「莕水荷風是舊鄉」一樣了；如果把「憶子規」説成「憶子歸」，想你回來，想她的所愛，那就同「唱盡新詞歡不見」一樣了。假定我們認爲魯迅的詩内容不會這樣重出，把「驅殘醉」説成是「我」，似乎更合情理。那麽「憶子規」跟「唱柳枝」聯繫起來，想的是曾經跟自己分别的人，也就是懷念革命同志，懷念舊日共同戰鬭的夢，把自己的醉意也趕走了。這樣，含意比較深，耐人尋味，是不是更符合原作的

思想。

又「唱柳枝」的「柳枝」，原有兩種：一種是《折楊柳》，是折柳贈别。一種是《楊柳枝》，是白居易寫的，他「年既高邁」，而他的歌女小蠻「方豐豔」，因此作《楊柳枝》：「永豐西角荒園裏，盡日無人屬阿誰。」感歎小蠻年輕還没找到對象。所以這裏的「柳枝」還是指《折楊柳》。

無題（一）

洞庭木落楚天高（二），眉黛猩紅涴戰袍（三）。澤畔有人吟不得（四），秋波渺渺失《離騷》（五）。

（一）繫年：《魯迅日記》一九三二年十二月三十一日：「爲達夫云：『洞庭浩蕩楚天高……』」詩中「木落」作

「浩蕩」，「猩」作「心」，「不得」作「亦險」。

〔二〕洞庭木落：《楚辭·九歌·湘夫人》：「嫋嫋兮秋風，洞庭波兮木葉下。」木落，樹葉落下。

〔三〕眉黛：畫眉用的黛石，指婦女。　猩紅：猩猩的血鮮紅，用指鮮紅的顏色。　涴：指染污。

〔四〕澤畔：《楚辭·漁父》：「屈原既放（放逐），游于江潭，行吟澤畔。」這裏指在反動派的迫害下，連在澤畔行吟都不行了。

〔五〕秋波渺渺：指秋波廣大。　失《離騷》：屈原被放逐後還可以行吟，所以還創作了《離騷》。而作家那時連行吟都不准，所以連《離騷》這類的作品也没有了。

這首詩原來有兩種較早的解釋。一、《魯迅舊詩箋注》修訂本，主要的意思是説，「眉黛猩紅」，指被賣爲娼，被逼作姨太太，非革命根據地的革命婦女。革命婦女從來就不搞那一套的。「涴戰袍」，墨色的黛，猩紅的胭脂，沾污了軍衣。正如「將軍飲酒還高歌，席旗枕鼓擁嬌娥」（清朝裘璉《將軍行》）。又説這詩寫國民黨反動派的反革命「圍剿」，實行三光政策。照上面的解釋，反動派進行反革命「圍剿」時，要帶著姨太太或妓女，調情作樂，讓她們的眉黛口紅染污戰袍才是。當時反動軍隊裏有没有這樣的事呢？没有聽説過。可見那樣講是曲解了原意。再説，「猩紅」倘指「口唇上的胭脂」，那爲什麼不作「眉黛唇紅」呢？還有「猩紅」原作「心紅」，倘指妓女或姨太太，怎麼稱「心紅」

呢？可見這個説法難以成立。

二、我在本書初版本裏説：「眉黛指婦女，心紅當指忠於革命的革命根據地的婦女。涴戰袍，她們的血沾染反動派軍隊的戰袍。可能由於血染的意義不明顯，所以改『心紅』爲『猩紅』，指婦女猩紅的血染上戰袍。」這是指一九三二年六月十二日到一九三三年二月的國民黨反動派第四次反革命軍事「圍剿」説的。「另一方面，這年六月裏，日寇進攻熱河朝陽寺。十二月，日寇炮擊山海關，熱河形勢吃緊，國難越來越嚴重。抱著强烈愛國心的詩人，像屈原那樣感到祖國的危亡，在白色恐怖下，連行吟澤畔的

自由都被剥奪，像《離騷》這類作品也没有了。」

這樣講，看來也有問題，魯迅寫反動派的屠殺罪行，像「血沃中原肥勁草」，「忍看朋輩成新鬼」，「霆擊寒村滅下民」，都不是專指婦女的，爲什麽這裏特别寫明「眉黛猩紅」？「眉黛猩紅」跟「澤畔有人」的關係怎樣，也很牽强。「眉黛猩紅」究竟指什麽，「洞庭木落」句究竟是不是指反動派的反革命軍事「圍剿」，也都可疑。

三、宋謀瑒同志在他的魯迅詩注裏提出了新的解釋：「首句氣象寥廓爽朗，不顯得陰慘，次句『涴戰袍』，習慣上也不與凶殘的敵人聯繫在一起。『眉黛猩紅』是借

習慣上也不再以發表人聯繫在一起。「湘靈歌」是首

詩：一首句寫得很簡明，不顯得突兀。次句「強盜裝正」

三、宋謀瑒同志在他的魯迅詩注裏提出了新的解

動派的反革命軍事「圍剿」，也都可證。

「湘靈歌」注「究竟指什麼。「洞庭木落」句究竟是指反

注」「湘靈歌」注「說」「戰爭有人」的關係不大，也很牽強。

下界」，都不是專指哪個人的。應把這詩看作是寫明「湘靈歌」

錄「血沃中原肥勁草」，「忍看朋輩成新鬼」，「霜華事實」沒

這樣講，看來也不無問題。魯迅真反動派的屠殺罪行。

自由結婚之事，與《離騷》這類作品也沒有了。」

魯迅詩歌注　集外集　卷三　六

屈原那樣感到祖國的危亡，在白色恐怖下，堅持寫作斗爭的

形勢所迫，國難與日俱深，更應愛國心的詩人，魯

真，日寇進攻熱河華北時。十二月，日寇進攻山海關，熱河

派第四次反革命軍事「圍剿」失敗。一九三一方面，是年六月

一九三二年六月十三日到一九三三年一月的國民黨反動

派「記念」是「海軍」，從韶詩的由來上看，「畫」說

反動派國際的戰敗。下能由外在來看它意義不明顯，所以

赤化革命的革命救援的朗吟詩。海軍策的革命古詩

二、我在本書裏所用本事說：「湘靈歌」寫於

說，可見這個說法難以成立。

赤眉起義軍暗指紅軍革命旗幟鮮明。眉黛即眉。『涴戰袍』則是説他們正在苦戰。首句講那裏正是一個廣闊的天地。」「一九三二年的夏秋之交，也就是寫這詩的前幾個月，陳賡同志從鄂豫皖紅四方面軍根據地來上海養傷，通過當時黨中央宣傳部在上海工作的同志介紹，與魯迅相見。魯迅曾設家宴招待。陳賡同志向魯迅詳細談了紅軍反『圍剿』戰争中艱苦奮鬭的英雄事蹟，送了魯迅一份油印材料，還親手爲魯迅繪了一幅地圖，想請魯迅根據這些材料寫一部小説。魯迅本來準備寫一個像《鐵流》那樣的中篇。但因他不可能到紅色根據地去實地考察，這個

創作計劃終於没有能够實現。『澤畔有人吟不得，秋波渺渺失《離騷》』，就是寫這遺憾。《日記》作『吟亦險』，就更加看得明白。後改成『吟不得』，不過委婉一點而已。把這一段珍貴的史料參證此詩，此詩的前兩句是讚歌而不是悲歌，主旨更加明顯。」

這個解釋説「首句氣象寥廓爽朗，不顯得陰慘」，是對的。但説「眉黛」就是眉，卻牽强。因爲男人不畫眉，眉黛一般只指年輕女子，這點是明確的。黛石是畫眉用的，是黑色，這也是肯定的。因此，把「眉黛猩紅」説成「赤眉」是講不通的，況本作「眉黛心紅」，可見不是眉紅，眉還是

黛的而不是紅的。把「浣戰袍」説成苦戰，「浣」字怎樣講不明確。浣是染污，什麽染污，「眉黛猩紅」，不好講，所以含混過去。「失《離騷》」是因爲「吟亦險」，主要是有危險，這樣講也不妥，因爲魯迅没有寫像《鐵流》那樣的中篇，主要是缺乏紅軍艱苦戰鬭的生活體驗，而不是怕有危險，可見「吟亦險」不是指寫這部小説説的。「吟不得」是在白色恐怖下不能吟，不是缺乏生活而不能寫，所以「吟不得」也不是指這部小説説的。再説「澤畔有人」像指另一個人，也不像指自己。

有位同志提出了一個新的解釋，他根據《魯迅日記》

「爲達夫」云，認爲這首詩是爲郁達夫寫的。他又根據南京師院《文教資料簡報》總七十五期二十四頁注裏引丁景唐同志的信，提出王映霞説明郁達夫移家杭州在一九三三年清明前，所以魯迅《阻郁達夫移家杭州》寫在同年十二月，即寫在郁移家杭州以後，而這首《無題》詩寫在一九三二年十二月三十一日，是寫在郁達夫移家杭州前三個月多一點。因此，這首《無題》詩該是在郁移家前阻他移家杭州的詩，根據這個理解試加論證。

王映霞説郁在一九三三年清明前移家杭州，在郁達夫的《閑書・住所的話》得到印證，他説：「在一個春雨霏微

的季節，終於聽了霞的勸告，搬上杭州來住下了。」這正是「清明時節雨紛紛」。在這以前，郁達夫早有離開上海的想法。郁達夫女兒郁正民同志在談《阻郁達夫移家杭州》詩（見同上）裏說，郁「發起並參加了中國自由運動大同盟，又是左聯成員，還主編過左聯的文藝刊物，因而也成了國民黨特務嫉恨的目標」。早在一九三一年三月，郁達夫寫《釣臺的春晝》，就說：「一九三一，歲在辛未，暮春三月，春服未成，而中央黨帝，似乎又想玩一個秦始皇所玩過的把戲了。我接到了警告，就倉皇離去了寓居，先在江浙附近的窮鄉裏游息了幾天。」

一九三一年二月七日，柔石等五位左聯青年作家被國民黨反動派秘密槍殺於上海龍華。約半個月後，魯迅才獲悉這個悲痛的消息。當時，魯迅全家避居日本人開設的花園莊旅館。郁達夫接到警告，在三月，離這段時間不遠，他避到江浙鄉下，又回到了他的家鄉富陽。當時郁的家在上海，他不能一個人在外漂泊，而王映霞的家在杭州，所以他終於聽了王的勸告，搬到岳父家去了。他們的搬家計劃，早在一九三二年裏就在醞釀。郁於一九三二年在杭州《訪風木庵等名勝偶成寄映霞》説「合共君來隱此間」，已有隱居杭州之意。魯迅可能已經知道，所以寫這首詩來勸阻。

也許遷家杭州的計劃正在醞釀中，還没決定，所以魯迅在題目上没有表示出來，只作《無題》。

怎麽把這首《無題》同阻郁移家聯繫起來呢？因爲這首《無題》同《阻郁達夫移家杭州》密切相關。這首詩的「澤畔有人吟亦險」，同那首詩的「風波浩蕩足行吟」，「澤畔」本于《漁父》的「行吟澤畔」，正指「行吟」，這是兩首詩相應者一。移家杭州是「吟亦險」而「失《離騷》」，不去杭州可以「游曠遠」而「足行吟」，這是兩首詩的用意互相補足者二。「游曠遠」是「風波浩蕩」，這個「浩蕩」又和「洞庭浩蕩」相應，「風波」也跟「洞庭」相應，這是三。黛是畫眉

用的，張敞畫眉，未免「兒女情長」，「英雄氣少」。郁達夫爲革命文藝而戰鬭，所以「心紅」，但搬到杭州，要是兒女情長，則有損于戰士形象，所以稱「涴戰袍」，這就同「平楚日和憎健翮」相應，這是四。「涴戰袍」的「涴」不是讚美之辭，有沾污的不足之意。倘把革命婦女的血濺戰袍説成「涴戰袍」，那麽作者站到什麽立場上去了？不是站到敵人一邊，替敵人可惜戰袍被涴嗎？倘站在革命婦女一邊，應該悲痛革命婦女的被殘殺，憎恨敵人的殘暴才是，怎麽説到「涴戰袍」呢？因此這個「涴」字不該是指革命婦女的血污戰袍説的，「涴」有玷的意思，「心紅」而畫眉，英雄氣

短，如白玉之有玷，故稱「涴戰袍」吧，這是五。根據以上五點，那麼《阻郁達夫移家杭州》中的主要意思，不都包含在這首《無題》中了嗎？

照這樣講，「洞庭木落楚天高」的「洞庭」又是什麼意思呢？「洞庭木落」原作「洞庭浩蕩」，「洞庭浩蕩」也就是「風波浩蕩」；「風波浩蕩」指大風大浪，指留在上海參加鬭争說的。那麼「洞庭木落」句似乎也可以指在大風大浪中參加戰鬭，即留在上海說吧。至於用「洞庭木落」，因爲這首詩裏的「澤畔」、「吟不得」、「秋波渺渺失《離騷》」，都用《楚辭》中的話，所以「洞庭」也用《楚辭》中的話。《九歌·湘夫人》：「帝子降兮北渚，目眇眇兮愁予。嫋嫋兮秋風，洞庭波兮木葉下。」眇眇，目好貌。蘇軾《前赤壁賦》：「渺渺兮予懷，望美人兮天一方。」這詩裏的「秋波渺渺」是不是含有兩種意思：一是聯繫洞庭，指洞庭的秋波的浩蕩；一是聯繫「眉黛」，把「秋波」指目光，即「目眇眇兮愁予」，狀目光含愁。所以這裏的「洞庭」，也就是「風波浩蕩」的地方，只是用典和借喻，不是真的指洞庭湖。那「洞庭浩蕩」爲什麼又改成「洞庭木落」呢？說「洞庭浩蕩」指湖水，與「曠遠」之區不切，改成「洞庭木落」，既同「曠遠」之區相切，更與「澤畔行吟」相切了。「眉黛心紅」

不要追求隱退生活，不要忙於畫眉，不要于戰士有玷吧。

「吟亦險」爲什麽又改成「吟不得」呢？「吟亦險」與「伍相隨波不可尋」相應。伍相以忠直被殺，郁達夫到了杭州，倘繼續寫革命作品，那也是危險的，也會受迫害的。這是假定郁達夫繼續寫革命作品說的，但既然遷杭，恐革命作品寫不出來了，所以改爲「吟不得」，於是就「失《離騷》」了。

這個解釋比起上面的三個解釋似較合理。上面的兩個解釋同「洞庭木落楚天高」的氣象不相應，「眉黛心紅」同第三說不合。又前三說使上聯和下聯割裂，缺乏有機的

聯繫。這個新説，没有這兩個問題，所以似比較合理吧。

答客誚〔一〕

無情未必真豪傑，憐子如何不丈夫〔二〕。知否興風狂嘯者，回眸時看小於菟〔三〕。

〔一〕繫年：《魯迅日記》一九三二年十二月三十一日記爲郁達夫寫，參見《所聞》注〔一〕。《魯迅詩稿》作「未年之冬戲作，録請坪井先生哂正」。「未」字係「申」字之誤。宋謀瑒同志《魯迅詩注》：「魯迅爲友人作字，如係新作，例在當天日記存稿；如録舊作，則加注明。如一九三二年七月十一日《日記》，爲山本初枝女士書一箋云：『戰雲暫斂殘春在……』又書一小幅，録去年舊作云：『慣于長夜過春時……』」是「戰雲暫斂」首即作於日記中存稿之日，而「慣于長夜」首則注明是録去年舊作。故《答客誚》當按《日記》存稿之日，爲作於一九三二年。「申」誤作「未」，係誤記。一九三三年二月十二日《致臺靜農》：「以酉爲申，乃是

誤記，此種推算，久不關心，偶一涉筆，遂即以猢猻爲公雞也。」「以酉爲申」，與以「申」爲「未」，同樣是誤記，提前一年。《魯迅詩稿》二十五頁《自嘲》，作「未年戲作」，「未」亦係「申」之誤，《詩稿》六頁「慣于長夜過春時」，題「午年春作」，「午」係「未」誤。大概寫在《致臺靜農》信前有誤記，以後即不再致誤。

〔二〕「憐子」句：《戰國策·趙策》載觸讋勸説趙太后，如果要真正是愛自己的小兒子，就應該替子女作長久之計，使長安君出質。趙太后説：「丈夫亦愛憐其少子乎？」這裏用它來反説，愛憐小兒子的怎麽説不是丈夫呢？觸讋，按《史記·趙世家》及一九七三年長沙馬王堆漢墓出土的帛書都作「觸龍」。

〔三〕興風狂嘯：意思是老虎。《易·乾·文言》：「風從虎。」嘯，虎叫。　於菟：老虎的别名。《左傳》宣公四年：「楚人……謂虎於菟。」

魯迅很愛他的兒子海嬰，有人譏笑他，他因此作這詩來回答。

《後漢書·楊彪傳》稱，曹操殺了楊彪的兒子楊修，看到楊彪問道：「您怎麽瘦得這樣厲害？」楊彪回答：「還懷着老牛舐犢之愛。」把父之愛比做「老牛舐犢」，這是在曹操面前，不得已而表達出的一種抑制感情。「老牛舐犢」同老虎顧兒這兩個比喻，在精神面貌上確實不同，後者顯得意氣昂揚。

從這裏，也反映出魯迅對於孩子的教育的意見。他在《南腔北調集·論「赴難」和「逃難」》裏説：「施以獅虎式的教育，他們就能用爪牙，施以牛羊式的教育，他們到萬分危急時還會用一對可憐的角。然而我們所施的是什麽

式的教育呢，連小小的角也不能有，則大難臨頭，惟有兔子似的逃跑而已。」魯迅在這裏指斥當時的國民黨反動派所施行的是奴化教育，連牛羊式的教育都不如。而魯迅所施行的正是獅虎式的教育，所以「回眸時看小於菟」，這是對於那些笑他「溺愛」孩子的指摘的有力回答。不是「溺愛」，正是反對反動派的奴化教育，而要施行獅虎式的教育。

二十二年元旦〔一〕

雲封高岫護將軍〔二〕，霆擊寒村滅下民〔三〕。到底不如租界好，打牌聲裏又新春〔四〕。

〔一〕繫年：《魯迅日記》一九三三年一月二十六日：「舊曆申（當作酉）年元旦。……又戲爲鄔其山生

書一箋云:『雲封勝境護將軍……』。(按詩中「高
岫」一作「勝境」,「擊」作「落」,「滅」作「戮」,「到底」
作「依舊」。)已而毀之,別錄以寄靜農。改『勝境』爲
『高岫』,『落』爲『擊』,『戮』爲『滅』也。」又《魯迅詩
稿》:「雲封高岫護將軍,……申年元旦開筆大吉並
祝靜農兄無恙。迅頓首。」一九三三年一月十二日《致
臺靜農》:「以酉爲申,乃是誤記,此種推算,
久不關心,偶一涉筆,遂即以猢猻爲公雞也。」

〔二〕雲封高岫:多雲的高山。此句指蔣介石在廬山設立
總部,進行反革命軍事「圍剿」的活動。

〔三〕霆擊:雷霆轟擊,指飛機轟炸。反動派在「圍剿」中遣
施轟炸,屠殺人民。一九三二年十一月二日,魯
迅在《火》裏說:「一場大火,幾十里路的延燒過去,稻
禾,樹木,房舍——尤其是草棚——一會兒都變成飛灰
了。還不够,就有燃燒彈,硫磺彈,從飛機上面扔下來,
象上海一二八的大火似的,够燒幾天幾晚。」《南腔北
調集》)就是指反動派的轟炸人民象日本
帝國主義一樣殘忍,對人民犯下滔天罪行。

〔四〕「打牌」句:一九三三年五月十六日,魯迅在《天上地
下》裏説:「住在租界裏的人們是有福

的。但試閉目一想,想得廣大一些,就會覺得內是官兵
在天上,『共匪』和『匪化』了的百姓在地下,外是敵軍
在天上,沒有『匪化』了的百姓在地下。『損害正詳查
中』,而太平之區,卻造起了寶塔。」(《僞自由書》)這
段話雖然是在作者寫這詩以後寫
的,卻可以用來印證這兩句詩。

這首詩,開頭一聯是對偶,「護將軍」和「滅下民」相
對,正說明「滅下民」的罪魁禍首是那個「將軍」,是那個在
雲封高岫上的「將軍」,矛頭指向國民黨反動派的頭子蔣介
石,是極爲有力的。「高岫」原作「勝境」,改得好。「勝境」
只指名勝風景,顯不出是廬山,改作「高岫」,就把廬山突
出出來了。「霆落」改成「霆擊」,用落是從上而下,用「擊」
是有意的轟擊,又突出「滅下民」的罪惡。「戮下民」是屠

〔一〕繫年：《魯迅日記》一九三三年一月二十六日：「爲畫師望月玉成君書一箋云：『風生白下千林暗……』。」望月玉成是日本畫家。

〔二〕白下：古地名，在今南京市西北。唐時改金陵爲白下，爲南京的别稱。

〔三〕百卉：即百種花草。　殫：盡，指枯萎。

〔四〕意匠：陸機《文賦》：「意司契而爲匠。」指藝術創造上的構思。

〔五〕朱墨：紅顏色，如銀朱等。

當時正是反動派進行第四次「圍剿」的大屠殺時期。這次「圍剿」從一九三二年六月十二日開始，到一九三三年二月，歷時八個月，終於被紅軍徹底粉碎了。在反革命「圍剿」中，反動派實行極端殘酷的殺光、燒光、搶光的三

光政策。這時，反動派還對革命文化工作者殘酷屠殺，扼殺進步書刊。如一九三二年十一月，國民黨中宣部公佈《宣傳品審查標準》，凡是宣傳共產主義等進步書刊，批評國民黨不抵抗政策，要求抗日的，便被認爲「危害中華民國」，凡對南京政府有些微不滿的，便被認爲替共產黨張目，一律絶對禁止。一九三二年秋，上海反帝同盟被破壞，所有到會的人被當場槍殺。詩人運用對比的手法，在前兩句裏揭露了反動派的這種黑暗恐怖統治，那裏是「千林暗」，一片黑暗；天給霧遮住，百卉凋零，没有一點春意。這是一種境界。另一面是春山，是春天的山，春天是明

媚鮮豔，千林蒼翠，百花齊放，富有生氣的季節，跟「千林暗」、「百卉殫」構成相反的對比。黑暗凋零的既然是指反動派統治的白區，那麼同它相反的春山，當然是象徵紅色的革命根據地了。這是一。用朱墨作春山，用紅色顔料來畫春山，不正是要畫家運用新的藝術構思，畫出生氣蓬勃、春意盎然的春山，來象徵紅色革命根據地嗎？這是二。這裏含藴著作者無限的希望和理想。

學生和玉佛〔一〕

寂寞空城在〔二〕，倉皇古董遷〔三〕。頭兒誇大口，面子靠中堅〔四〕。

驚擾詎云妄？奔逃只自憐：所嗟非玉佛〔五〕，不值一文錢。

［一］繫年：這首詩作於一九三三年一月三十日，見《南腔北調集·學生和玉佛》：「一月三十日，『墮落文人』周動軒先生見之，有詩歎曰：『寂寞空城在……』。」沒有詩題，即用文題爲詩題。此文最初發表於一九三三年二月十六日《論語》半月刊十一期，署名動軒。

［二］空城：指北平，含有諷刺意味，諷刺國民黨的大官都已逃空了，參見《弔大學生》開頭兩句。

［三］倉皇：匆忙而帶著慌張。　古董遷：《學生和玉佛》裏說：「一月二十八日《申報》號外載二十七日北平專電曰：『故宮古物即起運，北寧平漢兩路已奉令備車，團城白玉佛亦將南運。』」在反動派眼中，北平就只有古董是有價值的，所以忙著搬運古董。一九三三年一月三日，日寇攻陷山海關。二十六日，日寇大舉進攻熱河。在這樣危急的時候，反動派還是不想抗戰，而準備放棄北平。一月三十一日，國民黨把北平古物南運，引起了人民的反對。搬運工人罷工，各民衆團體對南京政府提出抗議：「乃救國大計未見，而急急於古物之遷移」，指斥它是「不從事抵抗之表現」。

［四］頭兒誇大口：《學生和玉佛》裏又説：「二十九日號外又載二十八日中央社電傳教育部電平各大學，略曰：『據各報載榆關告緊之際，北平各大學中頗有逃考及提前放假等情，均經調查確實。查大學生爲國民中堅分子，詎容妄自驚擾，敗壞校規，學校當局迄無呈報，跡近寬縱，亦屬非是。……』」這個電報，正是反動派教育部的頭兒説的大話。他們以大學生爲中堅分子，想靠大學生來維持他們的面子。這裏還含有對蔣介石的譏刺。「九·一八」後的十月十日，全國各地愛國學生赴南京請願出兵抗日，蔣介石在中央軍校接見請願學生，説：「現在政府正在積極準備抵抗日本，如果三年以後，失地不能恢復，當殺我蔣中正的頭以謝天下。」這正是「頭兒誇大口」。

［五］玉佛：北京團城（在北海旁）承光殿中的白玉佛，有四尺高，用白玉雕成。

《學生和玉佛》這首詩，通過學生和玉佛的兩種不同遭遇，透露出國難的嚴重，暴露國民黨反動派的醜行，意

義是深刻的。一開頭提出「空城」，這裏透露出國民黨反動派不抵抗的逃跑的罪惡，也反映出日帝的侵略勢力已經侵入華北，國難更嚴重了。接下來指出「古董遷」，在「古董」裏就包含玉佛在内。「古董遷」和「空城在」密切相關，正由於「古董遷」更顯得只有「空城在」了，這暴露了反動派眼中只看到值錢的古董，「古董遷」了，就認爲只剩「空城在」了。反動派無耻逃跑以後，還要「誇大口」，用學生裝面子，進一步對反動派進行揭露。在「靠中堅」裏點到學生，對學生，魯迅跟反動派相反，是深表同情的。反動派要借學生來裝面子，指責學生「詎容妄

自驚擾」；魯迅加以反駁，「驚擾詎云妄」，認爲在反動派逃跑以後，學生不該替反動派裝面子，等日帝來時白白犧牲，驚擾並不算妄，奔逃是可以同情的。「所嗟非玉佛，不值一文錢」，反動派只看到錢，而不顧大學生的死活，進一步刺向反動派。

司馬遷在《史記·屈原傳》裏稱讚屈原「其稱文小而其指極大，舉類邇而見義遠」，可以用來説明這首詩。寫的學生和玉佛，所謂「稱文小」，「舉類邇」，但它的意義深遠，所謂「其指極大」，「見義遠」。從這裏可以學習怎樣即小見大的寫作方法。

弔大學生〔一〕

闊人已騎文化去〔二〕，此地空餘文化城〔三〕。文化一去不復返，古城千載冷清清。專車隊隊前門站，晦氣重重大學生〔四〕。日薄榆關何處抗〔五〕，煙花場上沒人驚〔六〕。

〔一〕繫年：這首詩見於《崇實》，《崇實》作於一九三三年一月三十一日，先發表於二月六日《申報·自由談》，收入《僞自由書》。這首詩沒有題，原文感歎大學生還不如古物，說：「但大學生卻多而新，惜哉！」又說：「費話不如少說，只剩崔顥《黃鶴樓》詩以弔之。」據「弔之」補題目。崔顥（六七五—七五四），唐朝詩人；他的題黃鶴樓詩，原文如下：「昔人已乘黃鶴去，此地空餘黃鶴樓，黃鶴一去不復返，白雲千載空悠悠。晴川歷歷漢陽樹，芳草萋萋鸚鵡洲。日暮鄉關何處是，煙波江上使人愁。」按黃鶴樓址在湖北武昌的長江邊。

〔二〕已騎文化去：指古物南遷。《僞自由書·逃的辯護》：「不是連語言歷史研究所裏的沒有性命的古董都在搬家了麼？」一月二十一日，歷史語言研究所將古物三十箱，古書九十箱搬運至南京。

〔三〕文化城：一九三二年十月間北平文教界江瀚、劉復、徐炳昶、馬衡等三十餘人呈請國民黨政府：「政府明定北平爲文化城，將一切軍事設備，挪往保定。」當時國民黨政府實行投降賣國政策，拋棄東北之後，又準備從華北撤退，把可以賣錢的古文物從北京搬到南京。這時，江瀚等想阻止古文物南移，可是他們的主張恰恰反映了當時日本帝國主義的陰謀。

〔四〕大學生：《僞自由書·崇實》裏說：「大學生雖然是『中堅分子』，然而沒有市價，假使歐美的市場上值到五百美金一名口，也一定會裝了箱子，用專車和古物一同運出北平……」專車即指在前門車站上運載古物的專車。　晦氣：即指不准大學生逃難，要他們替國民黨政府掙面子。

〔五〕日薄榆關：指日本帝國主義侵略軍逼近山海關。按山海關已在一月三日淪陷。　何處

抗：感歎反動派的不抵抗，所以說不知在哪兒才抵抗。當時日本帝國主義正在進攻熱河，一月二十六日，用騎步炮空軍聯合進攻開魯，反動派又準備放棄熱河。

〔六〕煙花場：妓女聚集的地方。這裏指反動派在過著荒淫無恥、醉生夢死的生活，對嚴重的國難都無動於衷，完全麻木了。

這詩一開頭作「闊人已騎文化去」，這個「騎」字是從「昔人已乘黃鶴去」的「乘」字來的，但黃鶴可乘，而文化（指古董）怎麽可騎呢？原來的所謂闊人，就因爲有錢有勢。他們把古董拿到手正顯出他們有勢，古董可以換錢，更顯得他們有錢。有錢有勢就可以得意得起飛了，所以用個「騎」字，正寫出他們掠奪古董後得意到要起飛的醜

態。這是刺向反動派的。接下去指出「空餘文化城」，這個「文化城」，正是對江瀚等人的諷刺，因爲他們要求「定北平爲文化城」的主張，正符合日帝的要求。文化去而還稱「文化城」也是一種嘲諷。上面已經説明「文化去」和「空餘文化城」了，下面又指出「文化一去不復返，古城千載冷清清」，這是加一倍寫法。爲什麽要加一倍寫呢？因爲文化去而古城空，正是刺向反動派的有力武器，所以上面提到了，在這裏還要加强指出。「專車隊隊」正指文化去，「晦氣重重」才點到大學生，這裏用的是反襯手法。一方面是特别看重的「專車隊隊」，另一方面是特别忽視

的「晦氣重重」，從看重和忽視的兩種相反的態度中，又是揭露反動派的罪惡。歸結到「日薄榆關」，顯得古城的形勢更危急了，大學生的處境更危急了，這也和「晦氣重重」相呼應。「何處抗」，更刺向反動派的不抵抗主義，進而暴露「煙花場上没人驚」，顯出反動派還在過着荒淫無耻、醉生夢死的生活。

題吶喊[一]

弄文罹文網[二]，抗世違世情[三]。積毀可銷骨[四]，空留紙上聲。

〔一〕繫年：《魯迅日記》一九三三年三月二日：「山縣氏索小説並題詩，於夜寫二冊贈之。《吶喊》云：『弄文罹文網……。』《彷徨》云：『寂寞新文苑……。』」山縣氏叫山縣初男，日本人。

〔二〕罹文網：陷在文網裏。一九三一年三月六日《致李秉中》：「五年前（一九二六年前）有人將我名開獻段公（北洋軍閥段祺瑞），煽其捕治時，遂孑身出走，流寓厦門。」這是在北京時的「罹文網」。到上海後，反動派所佈設的文網，在魯迅作這詩以前，如一九三二年十一月，國民黨中宣部公佈《宣傳品審查標準》，凡宣傳共産主義，反對不抵抗，要求抗日的，都被認爲「危害中華民國」，一切進步作品都被禁止。魯迅的進步作品就陷在這道反動的「標準」裏。又，魯迅在一九三〇年二月參加發起中國自由運動大同盟，國民黨浙江省黨部即呈請中央通緝「墮落文人」魯迅，經批准並發出秘密通緝令。魯迅於三月十九日棄家出走。一九三一年一月十七日，國民黨反動派在上海逮捕李偉森、柔石等革命作家，並準備逮捕魯迅，魯迅全家避到虹口日本旅館裏去。這些就是「罹文網」的事實。

〔三〕抗世違世情：反抗反動統治，違反當世的人情習俗，指封建文化説。

〔四〕積毀銷骨：語見《文選》鄒陽《於獄中上書自明》，言積累讒毀的話，可以銷滅骨肉之親。

《吶喊》是魯迅第一本小説集，包括一九一八到一九二二年的小説。魯迅在北京寫《吶喊》的時候，還没有受到北洋軍閥的迫害。魯迅跟北洋軍閥的御用文人戰，跟國民黨反動派的文化「圍剿」戰，都是一九二二年以後的事。因此，這首《題〈吶喊〉》，除了題《吶喊》這本小説集以外，含有更豐富的意義，即指在文化戰線上的戰鬭吶喊，包括跟北洋軍閥戰，跟國民黨反動派的文化「圍剿」戰。所以「罹文網」，當指遭受北洋軍閥和國民黨反動派的迫害了。

一九二六年三月十八日，在共産黨人李大釗同志的領導下，北京各界人士數千人，爲抗議帝國主義侵犯中國主權，即提出最後通牒要段執政撤除津沽防務，向段執政請願，遭到槍殺，死四十七人，傷一百五十餘人。魯迅奮起戰鬭，稱「三·一八是民國以來最黑暗的一天」，痛斥段祺瑞之流「如此殘虐險狠的行爲，不但在禽獸中所未曾見，便是在人類中也極少有的」（《華蓋集續編·無花的薔薇之二》）。在段祺瑞發佈通緝令後，魯迅還寫了《大衍發微》進行揭露，但終於離京去厦門，這就是「弄文罹文網」。

魯迅在上海繼續戰鬭，一九三〇年三月，國民黨浙江省黨部呈請通緝，魯迅被迫離家避難，一九三一年一月，因

柔石等被捕，魯迅避居日本人開設的花園莊旅館等，也是「弄文罹文網」。

《吶喊》裏第一篇《狂人日記》就是暴露家族制度和禮教的弊害，攻擊封建禮教的。《阿Q正傳》就是暴露封建統治下所造成的失敗主義精神勝利法，也是暴露封建罪惡的。這些，都是反封建的，反禮教的，遭到封建頑固勢力的攻擊，所以説「抗世違世情」。

魯迅的革命作品，遭到了「現代評論派」的攻擊，遭到了「新月派」、「第三種人」的攻擊，又遭到了創造社、太陽社某些成員的錯誤圍攻，更與反動派的文化「圍剿」作戰，

這也是「抗世違世情」。

魯迅受到了敵人的攻擊、誹謗、誣陷、詛咒，也受到創造社、太陽社某些成員的非難。敵人造謡，忽而説魯迅收了蘇俄的盧布，忽而説他通日寇。他感歎道：「在中國，卻確是謡言也足以謀害人的」（一九三一年二月二日《致韋素園》）。這就是「積毁可銷骨」。

《吶喊·自序》：「在我自己，本以爲現在是已經並非一個切迫而不能已於言的人了，但或者也還未能忘懷於當日自己的寂寞的悲哀罷，所以有時候仍不免吶喊幾聲，聊以慰藉那在寂寞裏奔馳的猛士，使他不憚於前驅。」把

這種寂寞中的吶喊保留在紙上，就成爲《吶喊》這部小說。魯迅寫小説，是爲了要改變當時人們的精神，並不是爲了要把吶喊聲留在紙上，所以對於「紙上聲」感到不滿，因而有「空留」的感慨。

這種感慨，正象魯迅早年在《摩羅詩力説》裏説的：「有作至誠之聲，致吾人於善美剛健者乎？有作温煦之聲，援吾人出於荒寒者乎？」文學的作用，是要改變人們的精神，「致吾人於善美剛健」，「援吾人出於荒寒」。但在北洋軍閥的黑暗統治下，在國民黨反動派的白色恐怖下，這一切都無從談起，所以這些「吶喊」只成爲「空留紙上聲」而已。但魯迅終於「起看星斗正闌干」（《亥年殘秋偶作》），看到中國革命勝利的曙光快要破曉了，終於看到他的「吶喊」不再成爲「紙上聲」了，這點我們從他的創作裏是可以感觸到的。

題彷徨〔一〕

寂寞新文苑，平安舊戰場〔二〕。兩間餘一卒，荷戟獨彷徨〔三〕。

〔一〕繫年：這首詩見於《魯迅日記》一九三三年三月二日，見《題吶喊》注〔一〕。原詩中「獨」作「尚」。

〔二〕新文苑：指「五四」以後的文藝界。　舊戰場：指五四運動時期反帝反封建的新文化運動跟封建文化激戰的戰場。魯迅説：「北京雖然是『五四運動』的策源地，但自從支持著《新青年》和《新潮》的人們，風流雲散以來，一九二〇至二二年這三年間，倒顯著寂寞荒涼的古戰場的情景。」（《且介亭雜

文二集·〈中國新文學大系〉小說二集序》）

〔三〕兩間：天地間。　一卒：如《野草·這樣的戰士》裏的戰士拿著「脫手一擲的投槍」，便是一個人在作戰。「他走進無物之陣」，遇到各式敵人，那些敵人「頭上有各種旗幟，繡出各樣好名稱：慈善家，學者，文士，長者，青年，雅人，君子……。」「他舉起了投槍」，「偏側一擲，卻正中了他們的心窩」。「一切都頹然倒地；——然而只有一件外套，其中無物。無物之物已經脫走，得了勝利，因爲他這時成了戕害慈善家等類的罪人。」這正寫出一人作戰的彷徨苦悶心情。

魯迅在《南腔北調集》的《〈自選集〉自序》裏說明當時的心情道：「後來《新青年》的團體散掉了，有的高陞，有的退隱，有的前進，我又經驗了一回同一戰陣中的夥伴還是會這麽變化，並且落得一個『作家』的頭銜，依然在沙漠中走來走去，不過已經逃不出在散漫的刊物上做文字，叫作隨便談談。……得到較整齊的材料，則還是做短篇小說，只因爲成了游勇，佈不成陣了，所以技術雖然比先前好一些，思路也似乎較無拘束，而戰鬭的意氣卻冷得不少。新的戰友在哪裏呢？我想，這是很不好的。於是集印了這時期的十一篇作品，謂之《彷徨》，願以後不再這模樣。」

《新青年》的文學團體散掉了，所以當時的新文學界是寂寞的，寂寞得象在沙漠中似的。既然戰鬭的文學團體散掉了，新舊文學交鋒的舊戰場又歸於平安無事了。舊的戰士有的高陞，有的退隱，所以天地之間象只剩下他一個

戰士，背著武器獨自在「彷徨」中找著前進的路了。這裏表現出他寂寞彷徨的心情。雖然這樣，他還是拿著武器在找尋前進的路，在跟舊勢力作戰。

當《新青年》散夥以後，「有的高陞」，象胡適從新文化陣營中分化出去，提出「整理國故」的口號，把青年引到故紙堆中去，讓他們離開革命。「有的退隱」，象劉半農、錢玄同等人退隱到書齋中去了。高陞的和退隱的不再和封建文化作戰，所以舊戰場呈現平安景象。這平安是表面的，暫時的，實際上五四新文化運動在繼續向前發展，從文化鬬爭發展到政治鬬爭，在黨的領導下，革命運動深

入地展開。只是有一個時期，魯迅跟革命陣營缺少聯繫，所以感到孤軍作戰的彷徨。但他還説「有的前進」，所以他到底和革命陣營取得了聯繫。當他跟革命陣營取得聯繫以後，就成爲最堅決、最勇敢的文化戰士，不再感到孤獨和彷徨了。

悼楊銓[一]

豈有豪情似舊時，花開花落兩由之[二]。何期淚灑江南雨[三]，又爲斯民哭健兒[四]。

〔一〕繫年：《魯迅日記》一九三三年六月二十一日：「下午爲坪井先生之友樋口良平君書一絶云：『豈有豪情似舊時……』。」楊銓（一八八三—一九三三），字杏佛，江西清江人。留學美國哈佛大學。任國民黨

政府中央研究院總幹事，中國民權保障同盟執行委員，一九三三年六月十八日爲國民黨藍衣社特務暗殺于上海，二十日魯迅曾親往萬國殯儀館送殮。許壽裳《亡友魯迅印象記》：「一九三三年，『民權保障同盟會』成立，舉蔡先生、孫夫人爲正副會長，魯迅和楊杏佛、林語堂等爲執行委員。六月，杏佛被刺，時盛傳魯迅亦將不免之說。他對我說，實在應該去送殮的。我想了一想，答道：『那麼我們同去。』是日大雨，魯迅送殮回去，成詩一首：『豈有豪情似舊時……』。這首詩才氣縱橫，富於新意，無異龔自珍。」又，暗殺楊銓的藍衣社，亦稱復興社。一九三二年三月成立，是效法歐洲法西斯特務組織，用來鞏固蔣介石獨裁統治的。楊銓的被暗殺，由於他是民權保障同盟的負責者，又是反法西斯獨裁的國民黨黨員，所以藍衣社特別恨他，要把他暗殺掉。

〔二〕「花開花落」句：這是說花開或落都聽它，兩不關心，這是憤激的話。在當時的黑暗統治下，即使有豪情壯志，也不可能有所作爲；即使關心花開花落，也無法有所表現，所以只能說出那樣憤激的話。

〔三〕何期：哪兒想到，想不到。藍衣社的凶殘毒辣，完全出人意外。　江南雨：魯迅去送殯的那天，正碰上下雨，這裏極言淚下得多，表示悲痛的深切。

〔四〕斯民：此民，這人民。　健兒：指楊銓。這裏寫出了作者對反動派的極度憎惡以及內心的極度悲憤。

對於「花開花落兩由之」，有位同志提出新的解釋說：一九七七年三期《甘肅師大學報》：《説「花開花落兩由之」》。「『花開花落』句，是對敦煌變文《佛説觀彌勒菩薩上生兜率天經講經文》中的一篇韻文的反用。這韻文云：

可中（倘或）修善到諸天，居處無涯一切全。要飯未曾燒火燭，須衣何省（何曾）用金錢。花開花落分朝暮，

龍起龍眠辯歲年。忽若（倘或、設若）共君生那裏，尋常自在免憂煎。

「上引的韻文，是佛教徒所描繪的『極樂世界圖』，……是根本不可信的。而反動派對於革命者，卻正是除了鎮壓的一手，還使用著誘騙的一手，……使人們追求『花開花落分朝暮』的不問世事、不食人間煙火的『太虛幻境』嗎？……魯迅回答說：『豈有豪情似舊時，花開花落兩由之』。在舊時，曾經對於朋友的死，頗具激情：『故人雲散盡，我亦等輕塵！』（《哀范君三章》）現在則已經看得平常，因爲『生長危邦，年逾大衍，天災人禍，所見多矣，無怨於生，亦無怖於死，即將投我瓊瑤，依然弄此筆墨，夙心舊習，不能改也……』（《魯迅書信集》三百八十五頁，此信寫于《悼楊銓》稍後）既然『無怨於生』，……『無怖於死』，所以無論反動派用死威脅，還是設『投我瓊瑤』的圈套，造『花開花落分朝暮』之幻說，也『依然弄此筆墨』，外界的『花開花落』，……只是聽之任之：這也是『躲進小樓成一統，管他冬夏與春秋』的意思。

「因此，『花開花落兩由之』，……其主要矛頭是針對著國民黨反動派的。……國民黨新軍閥在暗殺

楊銓後，又揚言要置魯迅於死地，但魯迅仍然『往萬國殯儀館送楊杏佛殮』，而且離家時不帶鑰匙，以示『無怖於死』。……所以魯迅反用佛家韻語，寫的『花開花落兩由之』這句詩，正是他『無怨於生，亦無怖於死』的英勇氣概的寫照。」

這位同志這樣作深入探索的精神極好，但聯繫原詩看，還可考慮。照這樣的解釋，是舊時對朋友的死頗具激情，現在已經看得平常了。反動派用「死之恐怖」來威脅，我已「無怖於死」，不怕了，哪兒想到還會淚泗滂沱爲斯民來哭健兒呢！用這樣的解釋來解釋這首詩，好象語氣不貫，

「何期」兩句有些接不上去。既然「無怖於死」，接下去應該是揭露以死威脅之破産，怎麽極寫「何期」之悲痛呢？

照我的解釋，「豈有豪情」是憤激的話，正指革命激情蘊蓄得更深沉了。「花開花落」也是激情的話，不是不關心「花開花落」，而是對於「花開花落」的革命感情蘊蓄得更深沉了，碰上楊銓的被暗殺，也就是花落，照説還該把悲痛深深地埋在心裏，不讓他流露出來，想不到還是抑止不住，淚泗滂沱哭健兒。正由於想不到，所以説「何期」吧。從這裏，正透露出國民黨反動派的凶殘，暴露出它的罪惡。

題三義塔

三義塔者，中國上海閘北三義里遺鳩埋骨之塔也，在日本，農人共建之〔一〕。

奔霆飛熛殲人子〔二〕，敗井頹垣剩餓鳩。偶值大心離火宅〔三〕，終遺高塔念瀛洲〔四〕。精禽夢覺仍銜石〔五〕，鬬士誠堅共抗流。度盡劫波兄弟在，相逢一笑泯恩仇〔六〕。

西村博士于上海戰後得喪家之鳩，持歸養之；初亦相安，而終化去。建塔以藏，且徵題詠，率成一律，聊答遐情云爾〔七〕。一九三三年六月二十一日魯迅并記。

〔一〕繫年：《魯迅日記》一九三三年六月二十一日：「爲西村真琴博士書一橫卷云：『奔霆飛焰殲人子……』。」詩中「熛」作「焰」。西村真琴是個日本醫生，一·二八事變中，他作爲大阪《每日新聞》社醫療服務團團長來上海，在閘北三義里廢墟中得一鴿，攜歸日本，與家中鴿子養在一起，不久死去，即埋於院子內，並立一碑，上刻「三義塚」。塔：對塚上立碑的美稱。鳩：即鴿子，日本人呼爲「堂鳩」。三義里：當時上海閘北的一個里弄，焚毀於一九三二年一月上海抗戰中。

〔二〕奔霆飛熛：指激戰中槍炮和炸彈的轟擊焚燒。霆，疾雷；熛，火炎。

〔三〕大心：《管子·內業》：「大心而敢。」注：「心既浩大，又能勇敢。」這句指西村真琴的善心，把鳩鳥從被炸焚毀的宅子裏救出來。

〔四〕瀛洲：傳說東海中的神山名，這裏是指日本。《史記·秦始皇本紀》：「齊人徐市等上書言，海中有三神山：蓬萊、方丈、瀛洲。」

〔五〕精禽：即精衛，鳥名。見《山海經·北山經》：「精衛，其鳴自詨（叫）。是炎帝之少女，名曰女娃。女娃游於東海，溺（淹死）而不返，故爲精衛；常銜西山之木石，以堙（填塞）於東海。」

〔六〕劫波：梵語，即劫，印度指世界從成就到毀滅爲劫。《祖庭事苑》：「日月歲數謂之時，成住壞空謂之劫。」

泯恩仇：消除仇恨。恩仇，偏義複詞，仇的意思。

〔七〕遐情：遠道來的情誼，指從日本來徵求題詠。　云爾：即罷了。

這首詩一方面表示對帝國主義的反抗，一方面表示對日本人民的友好。鴿子已經死了，要是它死去有知，化爲精衛，象夢覺那樣，那它仍會銜石去填東海的，這表示中國人民反抗日本帝國主義的精神到死不變。不僅這樣，戰士精誠堅强，一同去反抗逆流，這裏是指中日人民共同反帝。度盡劫波指日帝侵略中國的戰爭徹底結束，即中日真正取得和平以後，中日人民依舊保持著兄弟的感情，在一笑中

泯滅掉過去的仇恨。

這首詩開頭一聯是對偶，既説明因果，又是互相映襯的。因爲「奔霆飛熛」的轟炸炮擊，造成「敗井頹垣」，這是因果。用「殲人子」來襯托「剩餓鳩」，更顯出日帝進攻的罪惡。這裏以寫「餓鳩」爲主，要是光寫「餓鳩」，不用「殲人子」來做陪襯，那就不能揭出日帝的罪惡了。寫餓鳩立即同西村真琴聯繫，「大心」、「高塔」都是寫西村真琴的，這樣才能轉到「鬬士誠堅共抗流」，轉到反帝上去，詩的意義就深沉了。但寫鬬士還得結合餓鳩，餓鳩已經化去，於是用了精禽銜石的典故，正好同鬬士抗流相配合。這樣歸

結到中日人民的兄弟情誼，寫出美好的未來。這種兄弟情誼要到度盡劫波才有可能出現，正説明當時還在劫運之中。這樣，既結合現實，日帝的侵略發展到八年抗戰，都在劫運之中。終於度盡劫波，才有了中日人民的兄弟情誼。這裏看出魯迅的目光遠大。中心是「鬬士」「共抗流」，著一「共」字，説明反帝是中日人民共同合作的事。

無題〔一〕

禹域多飛將〔二〕，蝸廬剩逸民〔三〕。夜邀潭底影〔四〕，玄酒頌皇仁〔五〕。

〔一〕繫年：《魯迅日記》一九三三年六月二十八日：「下午爲萍蓀書一幅云：『禹域多飛將……。』又爲陶軒書一幅云：『如磐遥夜擁重樓……。』二幅皆達夫持來。」黄萍蓀，浙江杭州人，是國民黨反動派走卒，他托郁達夫請魯迅寫字，「待到寄出不久，魯迅的字就被製版做《越風》雜誌的封面了。而這雜誌，是替蔣介石方面賣力的。當時魯迅看到如此下流的人這樣地利用他的字來矇騙讀者，非常之憤恨」（許廣平《回憶偉大的魯迅》）。接著黄萍蓀又三次去信請魯迅爲《越風》寫稿，魯迅回信揭露道：「三蒙惠書，敬悉種種。但僕爲六七年前以自由大同盟關係，由浙江黨部率先呈請通緝之人，『會稽乃報仇雪耻之鄉』，身爲越人，未忘斯義，肯在此輩治下，騰其口説哉。」（一九三六年二月十日）

〔二〕禹域：《書·禹貢》篇講九州的地理物産，因稱中國爲禹域。　飛將：《史記·李廣傳》裏記匈奴稱李廣爲飛將軍。這裏指反動派的空軍。

〔三〕蝸廬：蝸牛廬，極其簡陋的住處，見《三國志·魏志·管寧傳》注：「松之案：《魏略》云：『焦先及楊沛並作瓜牛廬』。」瓜牛廬即蝸牛廬。魯迅《二心集·序言》：「蝸牛廬者，是三國時所謂『隱逸』的焦先曾經居住的那樣的草窠，大約和現在江北窮人手搭的草棚相仿，不過還要小，光光的伏在那裏面，少出，少

動，無衣，無食，無言。因爲那時是軍閥混戰，任意殺掠的時候，心裏不以爲然的人，只有這樣才可以苟延他的殘喘。」

逸民：指在飛機轟炸下死裏逃生的人。

〔四〕潭底影：本于賈島《送無可上人》：「獨行潭底影，數息樹邊身。」

〔五〕玄酒：《禮・禮運》：「玄酒在室。」疏：「玄酒，謂水也，以其色黑謂之玄。而太古無酒，此水當酒所用，故謂之玄酒。」

頌皇仁：歌頌皇天的仁慈。

一九三三年四月十日，魯迅寫《中國人的生命圈》說：「『腹地』裏也是飛機拋炸彈。據上海報，説是在剿滅『共匪』，他們被炸得一塌糊塗。」五月十六日寫的《天上地下》說：「炸進去之一例曰：『日内除飛機往匪區轟炸外，無戰事，三四兩隊，七日晨迄申，更番成隊飛宜黄以西崇仁以南擲百二十磅彈兩三百枚，凡匪足資遮罩處炸毀幾平，使匪無從休養……』（五月十日《申報》南昌專電）」（均見《僞自由書》）。這首詩，正是暴露反動派濫炸革命根據地的罪行。在反動派濫炸下，無數房屋被炸毀了，人民被炸死或炸傷了，加上第四次「圍剿」的大屠殺，很多地區的人民所剩無幾了，他們只能搭個草窩來住宿。白天要避飛機不敢出來，夜裏出來，那裏已經找不到同伴，只能在潭裏邀自己的影子作伴了，這説明那裏别的人給反動派屠殺完了。那個僥倖没有死的逸民，爲了感謝上天的仁慈給他保留一條命，没有東西可以奉獻，只有用水來作祭品了。

　　這詩有極高的技巧。從字面看，「飛將」本於匈奴稱漢名將李廣，「逸民」在歷史上是指高人隱士。「夜邀潭底影」本于賈島的「獨行潭底影」，象寫富有詩意的境界，再加上祝頌皇仁，好象是祝頌而不是諷刺。可是骨子裏完全不是這樣。詩人巧妙地運用對照手法，用「多」和「剩」相對，顯出兩者關係，由於「多飛將」，因而「剩逸民」，這就透露出由於反動派的濫加轟炸，所以只剩下逸民了，這個逸民不再是歷史上的高人隱士，而是死裏逃生的百姓了。詩人又運用襯托手法，用「蝸廬」來一襯，顯得這個逸民連房屋都炸光了，只剩一個破草窠。再用「夜邀潭底影」作襯，

顯得他只能在夜裏出來，已經找不到人，只有自己的影子來作伴了。再用「玄酒」作襯，顯得他什麽都没有了，只有潭裏的水。詩人還用深一層的寫法，不説那個逸民的悲痛，卻寫他「頌皇仁」。逸民悲痛到了極點，感覺反而會麻木起來，以自己的不死爲幸了，這正是寫出更深的悲哀。

魯迅詩歌注卷三終